este libro pertenece a

Primera edición, 1999
© Monte Ávila Editores Latinoamericana, C.A., 1997

Apartado postal 70712, Caracas, Venezuela
Telf.: (58-2) 265.6020 - Telefax: (58-2)263.8508
e-mail: www.maelca@telcel.net.ve
http://www. monteavila.com

ISBN 980-01-1030-5
Hecho el Depósito Legal N° 1f500199988004.L

Colección Primera Dimensión
Libros para niños y jóvenes

Director de la Colección: Rafael Rodríguez Calcaño

Diseño de Colección: Pedro Mancilla

Diseño Serie Dorada: María Elena Repiso

Ilustración: Laura Liberatore

Diseño de páginas y composición: Irene Turitto

Fotolito electrónico: Magister Color Fotolito, C.A.
Impreso en Venezuela por: Corporación Belmont, C.A.

Historia de Pollito Belleza

PATRICIA SUÁREZ

Ilustraciones

DE LAURA LIBERATORE

Monte Ávila Editores Latinoamericana

T

odos rompieron el cascarón
y, mientras lo hacían, decían pío pío, o hasta pío pío
en clave de sol. Pero Pollito Belleza salió del cascarón
como de una nave espacial y enseguida se puso
a cantar. Cantaba todo el tiempo.

Los demás sacaban una patita del huevo,
después la otra y, por lo general, se quedaban
maravillados mirando el mundo que había a su alrededor.
A veces, uno de los recién nacidos carraspeaba, tosía
un poquito, y decía: «¡Qué maravilla es el mundo!»,
porque realmente, real realmente, el mundo del
gallinero y la granja era una maravilla.

El sol estaba en lo alto, en medio del cielo,
como una paloma gigante. Un cedro daba su frescura
y su sombra sobre el gallinero; y algunas veces, muy
pocas veces, casi ninguna, salía del cedro el hada
que en él vivía y felicitaba a la gallina.

—Gracias, muchas gracias, señorita hada —respondía la gallina y la invitaba con anís y semillas de girasol.

Aunque el hada no comía nada porque tenía la manía de ser flaquita, se tomaba la copa entera de anís, de suerte que se emborrachaba a los dos minutos. Entonces, entre el pato y el gallo, la llevaban en andas hasta el cedro.

E+ l día en que nació Pollito Belleza, el hada no tomó ni una gota de anís. Tenía que repartir los dones, decirle a cada pollo: «Usted va a ser de riña», o «Usted va a ser bueno como el pan». Pero ese día el hada estaba tan cansada que no se le ocurría nada, y estaba come que come las uñas. Para sus adentros, se decía: «Voy a tener que pedir vacaciones y me voy a ir a Mar del Plata. Sí, sí. A pasarla dentro de una ostra, sí, sí».

Y mientras el hada estaba distraída con sus pensamientos, Pollito Belleza se le acercó. Se acicaló las alas, estiró las patitas y se peinó el copete. Pollito Belleza tenía un copete de cantante de rock, un copete alto y gordo que era como si llevara un signo de interrogación en la cabeza.

—Señora —dijo Pollito—. Yo quiero ser cantor.

—¿Cantor? —preguntó el hada, bostezando.

—Sí señora. Yo quiero ser un pollo cantor.

Como el hada estaba tan pero tan tan cansada, se le olvidó cuáles eran los pájaros cantores y cuáles no. Están las aves que cantan como el zorzal, la calandria y el ruiseñor, y están los pájaros calladitos. Pero, un pollo, ¿es cantor o calladito? El hada no se acordaba. Suspiró, y cedió:

—Sea. Si usted quiere ser cantor, m'hijo, sea cantor.

—Gracias —dijo Pollito y empezó a hinchársele la gola de alegría.

esde que el hada lo bendijo, Pollito se la pasaba cantando. Hasta tenía atuendo de pollito cantor. Usaba botas con espuelas de plata, unas botas que le quedaban enormes y hacían *chapchap* a cada paso que daba. También usaba gomina, para aplastarse el copete, y un moño colorado en el cuello.

Era un pollito farolero.

Apenas su padre anunciaba la salida del sol,
Pollito se despertaba, se vestía, se arreglaba mirándose
en el estanque y se ponía a cantar. Cantaba el día
entero. Cantaba cositas dulces, conocidas, o coplas,
como ésa de:

De las aves que vuelan
me gusta el sapo
porque es gordo, peludo,
panzón y ñato

Cuando llegaba el mediodía, Pollito sacaba
su vianda con dos granos de maíz e iba rumbo
al chiquero. Saludaba a la cochina y a sus ocho
cochinitos y le decía:

—Señora, vengo a enseñarles música.

Los cochinitos se alegraban y movían sus colitas
de sacacorchos. Se acomodaban bien juntitos
y atendían a Pollito.

Pollito Belleza se calzaba sus anteojos, apoyaba
su patita en una piedra y comenzaba a recitar:
«El que sabe respirar, sabe cantar», sentenciaba Pollito.
Pero los cochinitos se aburrían pronto de la lección.
Al final, siempre algún cochinito gritaba:

—¡Mamá, dígale que se vaya al juntapiojos!

—¡Eso! ¡Que se vaya el barrigudo!

Y a Pollito Belleza no le quedaba más
remedio que marcharse del chiquero y buscar unos
alumnos que lo respetasen más.

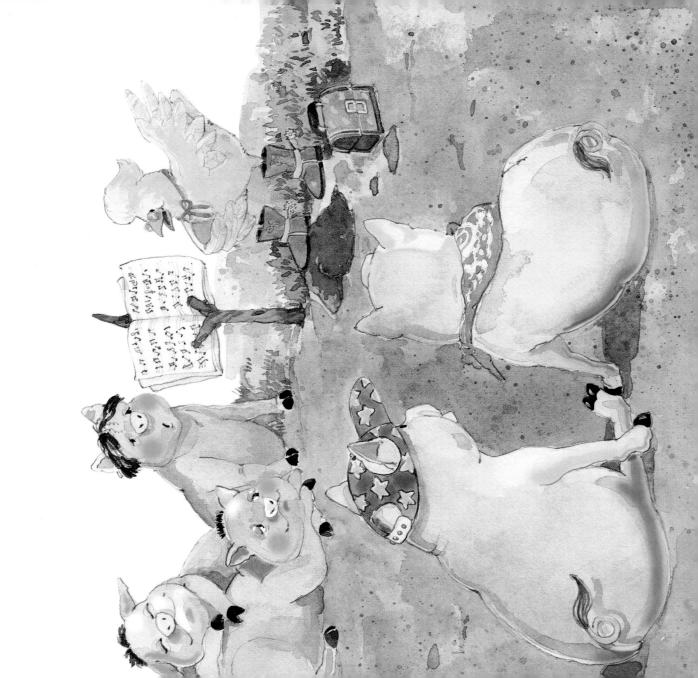

Pollito Belleza estaba muy triste últimamente, ya que quería ser cantor y nadie lo escuchaba. Quería cantar en la radio y no sabía cómo llegar a la ciudad; además, ni siquiera tenía plata para el boleto. A veces, se sentaba sobre una piedra y lloraba:

—¡Pobre de mí! ¿Qué voy a hacer?

Un día estaba así, llorando, y las lágrimas caían y formaban un charquito, cuando pasó la vaca lechera, que andaba sumamente aburrida; estaba gorda de puro aburrimiento, decía ella. Porque se aburría y comía, y comía y se aburría; y ya no le quedaba un solo retoñito en el campo. Todo se lo comía la vaca en su aburrimiento y, mirándola bien, más que vaca parecía un elefante.

—¡Pollito! —le dijo la vaca— ¿No le da vergüenza tenerse lástima a usted mismo? Usted, un chico tan joven, con toda la vida por delante.

—Es que estoy muy triste, ¿sabe? Yo quiero ser cantor, ¿vio? Yo quiero estar en la radio y en el teatro, pero no tengo plata para el boleto.

—¡Pero Pollito! —lo retó la vaca— ¡Un muchacho joven como usted! ¡Váyase a pie! ¡Váyase a conocer mundo! Así como usted me ve, antes, yo era bailarina de ballet. Sí señor. Bailaba *El lago de los cisnes*. Usaba un tutú de encaje colorado. Lindísimo me quedaba, Pollito, si usted viera. El público me aplaudía como loco. ¿Y sabe por qué fui bailarina? Porque me dije: «Para mí no van a existir las cercas ni los alambrados». Y me fui y me hice bailarina y después volví. Ya ve. ¿Entendió, Pollito?

La vaca se fue mordisqueando una manzanilla que aún quedaba por ahí. Pollito se puso a pensar.

De modo que Pollito Belleza preparó un atado con sus cosas. Puso unos sándwiches, las letras de las canciones y una foto de la mamá. La madre de Pollito se llamaba Berta y era tan gorda que no cabía en la foto. Solamente la cresta se le veía. Pollito se despidió de su madre y ella le recomendó:

—No vaya a ser haragán, Pollito. Escríbame.

Pollito se ató sus sandalias y comenzó a caminar. El sol estaba saliendo y el campo se tiñó lentamente con su luz.

Al pasar cerca del cedro oyó los ronquidos del hada y ya había salido de la granja cuando escuchó el canto despertador de su padre.

Un sapo le salió al encuentro. Vivía en una charca vecina.

—¡Pollito! —lo llamó.

Pollito estuvo mirándolo un largo rato. Nunca había visto un sapo.

—¿Usted quién es? —preguntó.

—Sapo —dijo el sapo.

«Qué raro», pensó Pollito recordando la copla, «¿y dónde tendrá los pelos? Qué bicho tan feo. ¿Cómo hará para volar?»

—Mire —le dijo Pollito— si usted es un sapo, yo soy una banana.

—¿Una banana? ¡Quién lo hubiera dicho! —y Sapo murmuró para sus adentros: «¿Una banana? ¿Y la cáscara dónde está?», después agregó:

—Bueno, cada cosa anda por el mundo, ¿no? ¿Usted para dónde va?

—A la ciudad.

—Yo también. Si quiere vamos juntos.

—Y bueno... —aceptó Pollito.

—Yo voy a hacerme trapecista —le comunicó Sapo.

—Yo también voy a hacerme artista. Cantor.

—Ah, qué bonito —dijo Sapo mientras saltaba atrapando moscas—. ¿Ya sabe alguna canción?

—Sí —respondió Pollito.

—Cántela entonces, Banana. ¿Para qué estamos los amigos?

Y Pollito Belleza cantó:

*La luna me está mirando
yo no sé lo que me ve
yo tengo la ropa limpia,
ayer tarde la lavé **

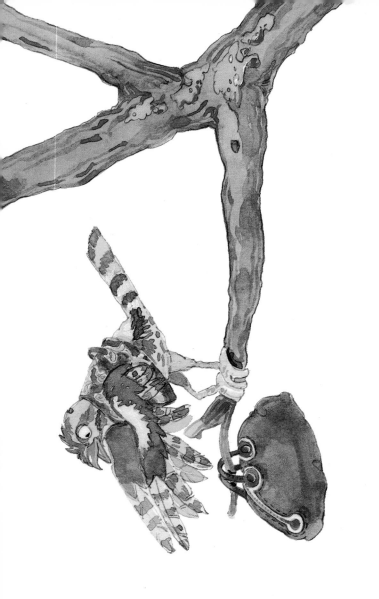

Alguien, además de Sapo, aplaudía con fervor. Venía de una rama. Era un pájaro negro, lloroso, que estaba jugando a la perinola.

—Hola —saludó Pollito—. ¿Nos conocemos?

—No tengo el gusto —contestó el pájaro negro—. Mi nombre es Urutaú. Urutaú Menéndez, servidor. Pero llámenme Uru, nomás. Uru me dicen los amigos.

—Uru, ¿usted es de acá? —preguntó Sapo.

El pájaro se echó a llorar a lágrima viva.

—No —dijo—. Soy de Paraguay. Estoy de viaje a la ciudad, para hacerme universitario.

—Venga con nosotros —invitó Sapo—. Venga que se va a divertir.

Así se fueron los tres por el camino: Sapo, Urutaú Menéndez y Pollito Belleza. Iban por los caminitos cortos, siempre alegres, y a veces se paraban en alguna estancia para bailar una ranchera. Era medio lento el sapo para bailar, pero le gustaba mucho. Si tenían piojos se despiojaban entre ellos, y si tenían pulgas, se despulgaban. A veces, el urutaú se paraba sobre una rama y comenzaba a cantar:

Llora, llora, urutaú,
en las ramas del llatay,
ya no existe el Paraguay,
donde nací, como tú

y los tres se sentían muy tristes. La pena les duraba poco, porque eran amigos y se acompañaban. Fueron compañeros a lo largo de todo el camino.

Apenas entraron en la ciudad
se separaron y despidieron. Urutaú regaló
a sus amigos unos manojos de plumas negras,
para que lo recordaran. Mientras se las arrancaba,
el pájaro chillaba:

—Ay, caray, con los amigos.

Se dieron abrazos y besos, y Sapo se fue con
su pasito rengo al Circo Latino a hacer de trapecista.
Pollito lo veía irse, y mientras lo miraba se preguntaba:
«¿Sería un sapo?»

Entonces, a Pollito se le ocurrió de pronto y gritó:

—¡Sapo, Sapo, ¡espéreme!

A Pollito la idea de acompañar a Sapo se le había ocurrido porque nunca en su vida había visto un Circo. Ni siquiera en foto. De ahí que cuando lo vio, orondo con su carpa multicolor, Pollito se sintió asombradísimo.

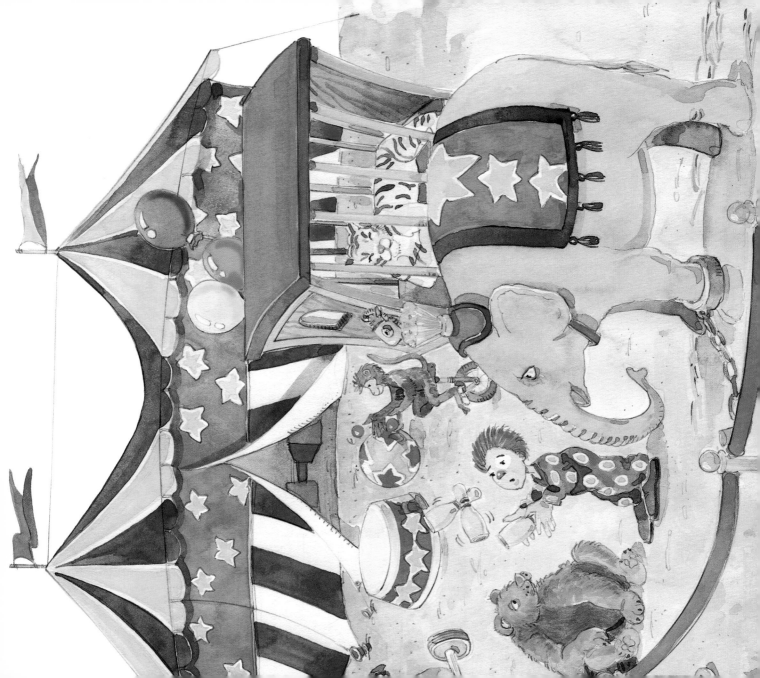

Salió a recibirlos un hombre con el tamaño de tres hombres a la vez: era el Forzudo. El Forzudo decía que había conseguido tener ese cuerpo practicando la vuelta canela tres veces al día. Pollito y Sapo siguieron a pie juntillas las indicaciones del Forzudo pero... ¡qué va!, no engordaron ni cien gramos.

Otros habitantes del Circo que maravillaban a Pollito eran los leones. Había dos, y siempre estaban peleándose entre ellos. Cada vez que se peleaban se tiraban del pelo y se iban desmelenando. Al final, el más viejo de los leones se había puesto calvo como una bola de billar. El más joven, para hacerlo rabiar, lo llamaba «Billarcito».

Las primeras piruetas las aprendió Sapo de una avispa. Aprendió a hacer el salto mortal, que es una prueba de gran riesgo; aprendió la pirueta vertical, y se colgaba de unas anillas para otras pruebas. En las anillas, el sapo fracasó: un par de veces se quedó atascado adentro de una de ellas y no lo pudieron sacar por una semana.

Pollito Belleza se divertía en el Circo.

Hizo buenas migas con «Billarcito», que le enseñó a rugir, y con el Forzudo. Era lindo ver un pollo rugiendo y tratando de meterle miedo al público mediante su rugido. A todos les causaba gracia. Al finalizar cada acto, el Forzudo sacaba a Pollito en andas. Lo consideraba todo un héroe. El Forzudo y Pollito compartían todos los caramelos que les regalaba la gente, todos excepto los de tutti frutti que eran exclusivamente para Sapo.

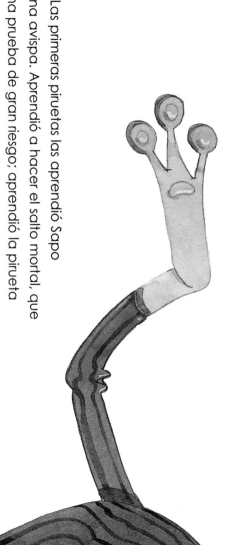

Una tarde, Pollito le comunicó a Sapo que tenía que seguir andando. Le dijo:

—Te voy a extrañar, amigo.

Y a Sapo se le cayeron dos lagrimitas redondas y cristalinas como las cuentas de un collar.

El Forzudo y los leones saludaron a Pollito desde la carpa:

—¡Buena suerte, Pollito! —le gritaban.

Y Pollito Belleza siguió su camino.

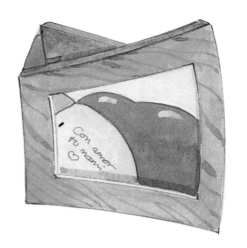

Su primer trabajo como cantor fue en Radio Espléndida. Se levantaba muy temprano por la mañana y tenía que pronosticar cómo iba a ser el tiempo ese día. Pollito siempre decía: «Hoy va a ser un buen día», porque Pollito creía que todos los días podían ser buenos días.

Algunas veces se sentía triste y se aburría un poco en su trabajo. Se cansaba, por ejemplo, de escribir a máquina. Ése era un trabajo horrible que tenía que hacer en la radio. No era tan espléndida Radio Espléndida cuando él debía escribir a máquina. Cuando estaba muy triste, le escribía largas cartas a su mamá. Las empezaba diciendo:

Querida mamá:

Ojalá que usted estuviera aquí conmigo, así yo no la extrañaría tanto.

Las cartas que Pollito Belleza le escribía a su mamá estaban escritas con la máquina de escribir de Radio Espléndida. A Sapo, no. A Sapo le escribía con su propia y prolija letra ovaladita, y le preguntaba:

Amigo Sapo,
¿Cómo estás? ¿Cuándo vas a venir a visitarme? ¿Haces muchas volteretas en estos días?

Un día, sin embargo, pasó lo inesperado, y fue el comienzo de una vida feliz para Pollito Belleza. Al operador de Radio Espléndida se le rompieron unos discos que ponía. Eran unos boleros que daba pena escuchar, de tristes y rayados que estaban. Tampoco era tan espléndida la Radio Espléndida, porque casi todos los discos que tenían eran tristes y estaban rayados.

Por eso, prefirieron contratar a Pollito Belleza.

Para que alegrara la mañana con su canto.

Y Pollito Belleza alegró la mañana de Radio Espléndida, y la radio se volvió más espléndida, al igual que la vida de Pollito se volvió más espléndida, por la magia del canto.

Enseguida se hizo cantor profesional Pollito Belleza. Rapidito. Tenía una voz clara y alegre, y el público que lo escuchaba siempre murmuraba entre sí: «Qué fantástico este pollo. Ha nacido para cantar».

Pollito Belleza cantaba en la radio. Mandaba desde ahí saludos a sus parientes y ellos, felices, le enviaban cada mes unos choclos que eran una delicia. A Pollito se le caía la baba de sólo pensar en los choclos que preparaba su mamá.

En Navidad dio un concierto y cantó con gran entusiasmo. Temblaba la campanilla adentro de su boca. La canción decía:

Anda muchacho a la casa
y me traes la carabina,
pa' matá' ese gavilán,
que no me deja gallina *

La gente, emocionada, aplaudió hasta
medianoche. «Es una canción política», comentaban,
«es una canción sobre la opresión de las gallinas».
Pollito Belleza saludó a su público. Hizo una reverencia,
dos, hasta que se le despeinó el copete.

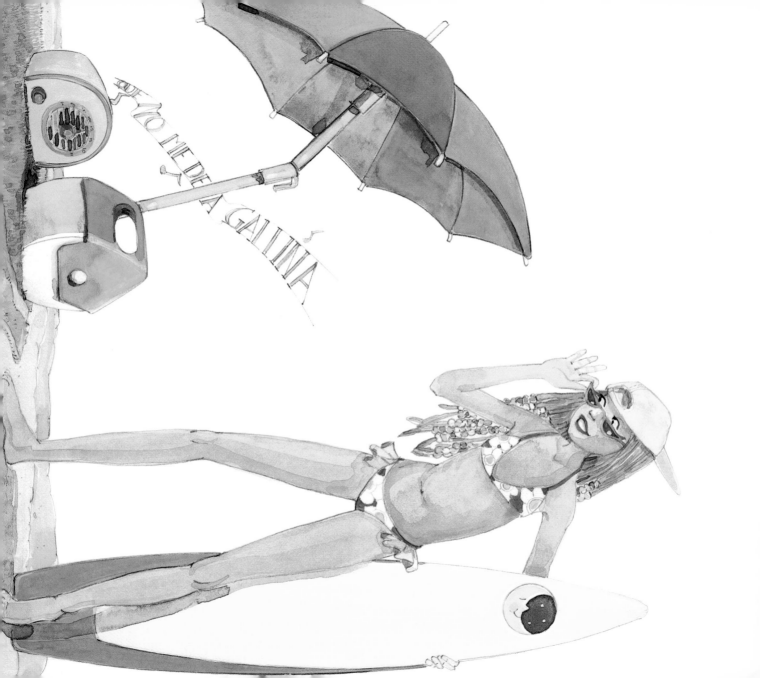

«Es un gran cantor», pensaban todos; y la madre, allá en el campo, decía en voz muy baja, para no despertar envidia: «Pollito Belleza es el mejor cantor del mundo».

Sólo el hada del cedro, solitaria en una playa fría, subió el volumen de la radio y se preguntó: «¿Quién es el que canta tan lindo? ¿Un pollo? ¿Un pollo cantor? ¡Cómo va a existir un pollo cantor! ¡La radio inventa cada cosa!».

Después, el hada se ajustó el bikini y se fue corriendo a meterse en el mar.

glosario

calandria.
Pájaro canoro. Gusta de lugares arbolados y se alimenta
de insectos, larvas y semillas. Además del propio canto, imita
las voces de todas las aves que se encuentran a su alrededor.
Vive en el suroeste de Brasil, al sur de Bolivia, en Paraguay,
Uruguay y Argentina. Se le llama *ruiseñor americano*.

choclo.
Mazorca tierna de maíz. Guisado hecho con maíz tierno.

farolero.
Vano, ostentoso, amigo de llamar la atención. En el lenguaje
popular argentino dícese de la persona que hace ostentación.
En Venezuela equivale a *pantallero*.

gola.
(Del latín *gula, garganta*). Garganta de una persona y región
situada junto al velo del paladar.

ñato.
En el lenguaje popular dícese de las cosas chatas; y puede
aplicarse al hombre cuando tiene la nariz aplastada,
como suele ocurrir con los boxeadores a consecuencia
de los golpes recibidos.

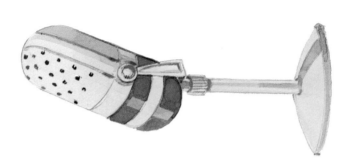

orondo.
Hinchado, esponjado. Lleno de presunción y muy contento de sí mismo.

rengo.
Cojo por lesión de las caderas.

tutú.
Pieza de vestir, utilizada generalmente por las bailarinas de ballet.

urutaú.
(Del guaraní *urutaú*; de *uru*, pájaro y *taú*, fantasma, duende.) Ave nocturna y solitaria de gran tamaño; habita en los bosques del norte de Argentina. Emite un chillido agudo y prolongado que al final se asemeja a una carcajada. El vulgo le atribuye muchas virtudes y existen en torno a él no pocas leyendas y patrañas.

llatay.
Palmera de 8 a 10 metros de altura. Existe en la región comprendida entre los ríos Uruguay y Paraná. Las yemas terminales son comestibles y se las utiliza como alimento para el ganado.

zorzal.
Ave de unos 30 centímetros, de negro plumaje, por lo cual a veces se le llama mirlo, por su parecido con el mirlo europeo. Buen cantor, en el campo se dice que el zorzal silba más cuando se va a descomponer el tiempo. Por extensión se llama zorzal a todo aquel que canta bien. Ejemplo de ello es el célebre cantor de tangos Carlos Gardel, a quien se le apodaba *El Zorzal Criollo*.

* Estas estrofas que canta Pollito Belleza están tomadas de *Tonada de luna llena*, de Simón Díaz.